Para Marc, Yuna y Adriel, que ya saben dónde viajar
cuando no están invitados a un cumpleaños.
Susanna Isern

Para Lucía, por regalarme tantos cumpleaños.
Adolfo Serra

No me invitaron al cumpleaños
Colección Somos8

© del texto: Susanna Isern, 2014
© de las ilustraciones: Adolfo Serra, 2014
© de la edición: NubeOcho, 2014
www.nubeocho.com – info@nubeocho.com

Correctora: Daniela Morra

Segunda edición: 2016
Primera edición: septiembre 2014

ISBN: 978-84-944446-3-0
Depósito Legal: M-39728-2015
Impreso en China

no

me

invitaron

al

cumpleaños

Susanna Isern   Adolfo Serra

nubeOCHO

Al salir de clase están todos muy alborotados.
Es la fiesta de cumpleaños de un compañero,
pero Marc no está invitado.

Por la tarde, el parque está vacío. No se oye ni pío.
Hasta los pájaros parecen haberse ido a la fiesta.

—Hola, ¡qué sorpresa! Creía que... —dice Marc tímido.
—Ya ves... a mí tampoco me invitaron al
cumpleaños —explica Yuna.

Yuna y Marc se encuentran en el parque. Pero no son
los únicos... De repente, Adri llega corriendo.

—¡Ey, amigos! ¡No hay tiempo que perder! ¡Tenemos
que subir a un sitio alto!

Los niños trepan a un árbol algo desconcertados.
Una vez arriba, se sientan en las ramas más gruesas.

—¿Ahora qué? —pregunta Marc con curiosidad.
—Algo está a punto de suceder— asegura Adri intrigante.

De pronto, se produce un fenómeno increíble: el mar
ha escapado de la playa y avanza a toda velocidad entre
los edificios de la ciudad.

En poco tiempo, el agua lo invade todo. El parque se convierte en un acuario gigante, pero lo más sorprendente es que una ballena con sombrero emerge del agua y se detiene junto al árbol.

—¿Tienen invitación para el cumpleaños? —pregunta el gran cetáceo.
—No..., no estamos invitados —se lamenta Marc bajando la mirada.
—Entonces pueden subir —concluye la ballena.

La ballena del sombrero navega como un barco,
con los tres amigos sobre su lomo. De camino,
van subiendo otros niños y niñas.

El único requisito para subir es no estar invitado
a un cumpleaños.

Tras un largo recorrido, por fin llegan
a un pueblo situado en la cima de una
montaña. Se trata de un lugar misterioso,
aparentemente deshabitado.

Está tan alto que las nubes entran y salen
por las ventanas de las casas.

Una vez en tierra, los niños comienzan a correr por las calles, entre las nubes. Pronto descubren que se encuentran en un sitio muy especial y que no están solos.

En el pueblo viven animales muy curiosos que visten camisa, sombrero, pantalón o falda. Algunos hasta usan reloj o zapatos de tacón.

Adri, Yuna y Marc observan anonadados. En la plaza parece celebrarse algo. Los animales están muy contentos.

Hay comida, bebida, música, globos...

—¿Se celebra un cumpleaños? —le pregunta Marc a un cocodrilo con cara simpática.

—¡No, para nada! La fiesta de cumpleaños de Avestruz es en el bosque —contesta el reptil.

—Y, ¿por qué no vas? —quiere saber Yuna.

—Bueno, no estoy invitado. No siempre se puede ir a todas las fiestas. Pero eso no significa que no podamos divertirnos o que tengamos que estar tristes —explica un tigre con corbata.

Los niños pasan una tarde inolvidable en el pueblo.
Entre tanta risa, ya nadie se acuerda de la fiesta de
cumpleaños a la que no fue invitado.

Cuando comienza a caer el sol, la ballena silba
para anunciar su salida. Los niños se despiden de
los animales. Es hora de regresar.

Durante el viaje de vuelta, todos sonríen en silencio.
Todavía pueden acariciar las nubes y escuchar la
música alegre del pueblo de los animales.

Uno a uno, la ballena los deja en el
mismo sitio donde los había recogido.

—¡Qué aventura...! —suspira Marc.

—¡Sí, ha sido fantástico! ¡Nadie va a creerlo! —exclama Yuna.

—Será nuestro secreto —guiña un ojo Adri.

Adri, Yuna y Marc bajan del árbol para volver a casa. Aquel anochecer, mientras la ciudad se apaga, pueden oírse las risas de muchos niños.

Las risas de todos aquellos que no fueron invitados a un cumpleaños.

«Querida niña y querido niño:
Si no te invitan a un cumpleaños, no te pongas triste.
Cierra los ojos con fuerza y deja volar tu imaginación.
Cuando menos te lo esperes, pasaré a buscarte.

La ballena del sombrero».